句集

釣魚曼陀羅

岡本博夫

文學の森

序

岡本博夫さんの趣味は多彩である。俳句は平成五年に義姉の推奨を得て「扉」へ入会された。釣りは社会人となられて間もなく磯釣の会に参加され、日本各地の海岸や島々の釣りを楽しんでおられる。似顔絵については、吟行会や懇親会などの折に句友の似顔絵をよく描かれていた。私も似顔絵を頂いたことがあるが、顔の特徴がよく捉えられていて照れくささを覚えるほどである。似顔絵を描くには相手をじっくり観察し、目鼻口などの特徴的な部分をきちんと捉えることが大切だと言われる。

俳句は物をよく見て作れと言われる。このよく見ては人間の五感を働かせてのことである。岡本さんの俳句も五・七・五という俳句の器をもって、伝えたいことを見失うことなく上手に掬い取った作品が多い。これも似顔絵に対する観察眼と相通じるものが俳句にも働いているからであろう。

暁闇の富士を斜めに登山の灯
海風の肩より通り籠枕
砂底に影曳く蛸や夏の月
身をそらし持つ優勝旗鳥渡る
水馬交みて水面深く踏む
宵山の闇を深めて鉾灯す
ひつそりと音を小出しの鉦叩
隠沼の水の疲れや蛇の衣

一句目、「富士を斜めに」がこの句の眼目。山頂を目指す人々の列が浮かんでくる。二句目は「肩より通り」の断定が心地好い。三句目、月影に足を伸ばしては進む蛸がありありと浮かんでくる。四句目、「身をそらし」に晴れ晴れしさが感じられる。五句目、「深く踏む」に水馬の脚を支える水面の窪みが描写された。六句目、「闇を深めて」により鉾の灯がクローズアップされた。七句目は「音を小出しの」に鉦叩の鳴き声がすぐそこに聞こえてくる。八句目、「水の疲れ」が脱皮を果たした蛇の疲れともとれて趣深い。

故土生重次師いわく「俳句は哀しみの文芸である」。「俳句は喜びの文芸ではなく、底に流れているものは哀しみの文芸である」と説かれた。

白れんの風の傷みを免れず
空缶にだぼはぜの顔汐干潟

一句目は朽ちてゆくもの、滅びゆくものの哀れを醸し出している。二句目は作者黙して語らずの作品。空缶から覗く鯊の顔が滑稽ではある。しかし、己の置かれたところが干潟の空缶であることとも知らず、住処のごとくにしている鯊に哀れを感じるのは私だけであろうか。

次に句集名の所以ともなった釣魚の句から抽いてみた。

黒かさご武張り貌して釣られけり
魴鮄の鳴きて取られし兜首
厳寒の釣魚に海の温みかな
皮剝の肝ぽつてりと冬に入る
飛魚釣る手負の鳥のごとくかな
石鯛も釣れて小春の三宅島

一句目、口を開けて釣り上がってくるごつい貌つきの黒カサゴは如何にも武張り貌である。二句目、魴鮄は釣り上げたときに「ボウボウ」と鳴くことからその名があるとも。活け締めにしたときの作品だろう。この魚は頭部が大きいこともあり、鳴かせて切り取った頭を兜首としたところに俳諧味がある。三句目、魚の体温は基本的に周りの水温とほぼ同じで、その水温が変動するとそれに応じて体温も変化すると言われる。

気温が下がれば海水も暖かく感じるものではあるが、釣れた魚に温かみを感じたところに海の厳しい寒さが伝わってくる。四句目の眼目は「肝ぽつてり」と季語の斡旋にある。皮剥は越冬の為に肝に脂を蓄えることから冬場に食べる肝は特に旨い。五句目は「手負の鳥」が眼目。つばめ魚とも呼ばれる飛魚は波間をよく飛翔している。釣られて暴れるところは如何にも手負の鳥と言ったところであろう。六句目は、釣るのが難しいとされる石鯛を「石鯛も釣れて」としたところに、小春日和に釣って遊んだ幸福感がしみじみと伝わってくる。

『釣魚曼陀羅』各章の魚の挿絵は岡本さん自作の版画である。この挿絵が句集に彩りを添えており、俳句とともに読者の心を魅了することであろう。

平成二十八年三月三日

「扉」主宰　坂元正一郎

句集　釣魚曼陀羅／目次

序　坂元正一郎　1
かさご　一九九三～一九九五　11
はぜ　一九九六～一九九八　39
とびうを　一九九九～二〇〇二　67
きす　二〇〇三～二〇〇五　99
うすばはぎ　二〇〇六～二〇〇八　125
いしだひ　二〇〇九～二〇一一　155
着ぶくれて　二〇一二～二〇一四　183
あとがき　211

装画・挿画　著者
装丁　三宅政吉

句集　釣魚曼陀羅

かさご

一九九三〜一九九五

初釣やくさぐさ申す幹事役

毛帽子の釣人干魚買ひにけり

啓蟄や路でもの食ふ中華街

富士おぼろ駿河の海の膨らみて

囀をテープで流し鶲まつ

黒鯛に置き竿とられ露伴の忌

黒かさご武張り貌して釣られけり

かさご割く腹に小蟹の半ば溶け

あんパンの臍の空洞終戦日

河原湯に寝て秋天を眩しめり

蔓たぐり見目よきを選る烏瓜

秋霖や少し熱めの風呂に入る

木枯やガレの硝子の葡萄文

雄鶏は群をつくらず枯の中

羽子板の裏や浅黄の松竹梅

元旦の新聞墓地のちらし吐く

手探りで去年の髭そる初湯かな

ネパール　三句

春塵や市を遊行の神の牛

バザールの日永見下ろすシバ神妃

死者を焼く河畔に春の衣濯ぐ

ダチュラ咲く唐人お吉の眠る寺

手で腰を押し出して立つ田草取

差潮に海月迷へる日本橋

テトラポッド砂に埋まり浜昼顔

北米　二句

ハンバーガー双手に余り夏の果

雷兆す風に零れて葛の花

鰡とんで夕潮満つる浦曲かな

海底に稲妻とどく安房の国

月落ちし浜に焚火の蜑溜り

魴鮄の鳴きて取られし兜首

鴨南の抜きの手酌や一の酉

鳥山や鰤の曳き釣り突つ走る

厳寒の釣魚に海の温みかな

獅子頭肩に胡麻塩漢かな

節分の二枚鏡の奥に鬼

ビンテージワインの蔵の春愁ひ

ブレザーに王家の紋や万愚節

水底に朽ち葉の流れ初蛙

門川に鯉の肥りて菖蒲の芽

春闌けて萩の茶碗の変化跡

硝子戸に歪む電柱夏燕

川風に潮の匂ひや更衣

トルコ　二句

逃げ水に牛車漂ふ日の盛り

遠雪渓シルクロードの釣瓶井戸

物干の野良着したたり茄子の花

マネキンの腕はづされ油照

糞散らし芋虫太る終戦日

露湿る花火の殻や休暇村

秋高し舫ひ綱とく熱気球

浦深く風波尖り冬の鵙

はぜ

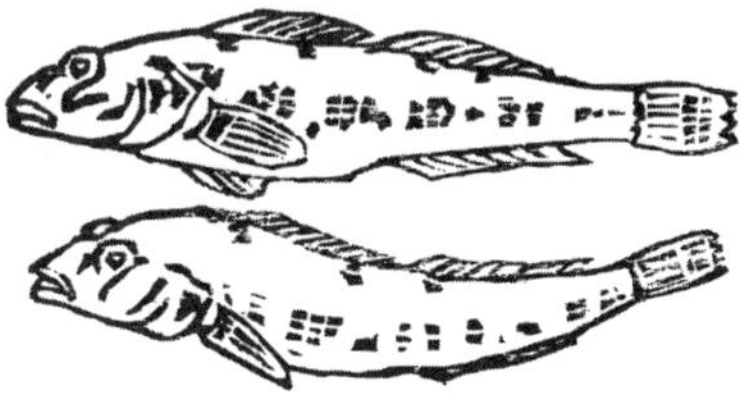

一九九六〜一九九八

番鵜の喉元朱し初日の出

遊学のまま住み旧りぬ都鳥

冬蜂の縞美しくこと切れし

洗ひ場の際まで繁り芹の川

春寒や人買ひ来ると子守唄

夕暮れて白梅うすき緑さす

春宵やハバナ葉巻の帯をとく
散る花の消えゆく谷の吉野杉

湯巡りの鼻緒の締まる春の雨

投げ釣りの糸に流れ藻五月かな

どやどやと来て釣れたかと宿浴衣

手相見のとろとろ睡し夏落葉

お花畑パラグライダー風溜めて

暁闇の富士を斜めに登山の灯

鯊舟の軋む櫓臍に潮たらす

鯊舟の櫓臍危ふく外しけり

鯊舟のどぼんと石の錨かな

鷹の斑の尾鰭展げて鯊怒る

鶏頭の種もちこたへかねてをり

親指を立てて割るパン冬旱

子が父となる日の近し初暦

容赦なく皮剝をはぐ寒の入り

汐入りの川ふくらみて風光る

一本にこれほどの花落椿

初雛の下座に母と祖母の雛

涅槃西風ハングル文字の漂着物

一本を見付け次つぎつくしんぼ

花冷えや一味利かせて鰊蕎麦

千葉の蠅置いてさかな屋帰りけり

島焼酎座卓の下の蚊遣香

海風の肩より通り籠枕

夜釣人外寝の婆に刻聞かる

魂迎へ海べりの火は海に映ゆ

防災の日の倉庫街鷗群る

霧ごめの釧路の街のさんま鮨

一村の秋燕揃ふ架線かな

風北へ変りし夕べ鵙猛る

諸手もて摑む太首冬の鰡

鯊を煮る飴の匂ひや十二月

初伊勢や赤福前の赤床几

厳寒の老杉締むる鉄の箍

海老網の舟霞より戻りけり

川底の石に波の斑春浅し

浜明けてすててこ爺の尿長し

梅雨茸や内より湿る雨合羽

梅を干す襟刳り深く乳房垂れ

俯して僅かな紐の水着かな

長城の砦汗引く風ありぬ

霧に発つ蜑呼び交す無線かな

木枯や発破に痩せし武甲山

とびうを

一九九九〜二〇〇二

獅子甃す王のレリーフ枯薊

春の鷺頸の重たさ輪にたたむ

ままごとの言葉ふえけり雛の間

惜春や飼はれて鯛の貌やさし

夏潮をざぶざぶ使ひ海鞘料る

老鶯や海鞘の苦みにほの甘さ

砂底に影曳く蛸や夏の月

青臭き馬の鼻息お花畑

飛魚釣る手負の鳥のごとくかな

糞散らし芋虫隠れ果せ得ず

身をそらし持つ優勝旗鳥渡る

腋ゆるく雀砂浴ぶ小春かな

冬波の起ち上がるとき影生るる

日向ぼこ産着の裾を蹴り展ぐ

葛湯吹き気儘に古稀を遊ばむか

口の端の産毛くろずみ卒業す

牡丹雪宙を舞ふ間の影深し

稚魚はねて春潮入江満たしけり

恋猫や路地縦横の漁師町

遠足の子の喧噪に乗り合はす

雹打つて憲法記念日昏れにけり

黒鯛《ちぬ》釣るや瀬戸大橋の夏霞

釣りほうけ島焼酎にばたと寝る

蟻蠓や積木つむごと家建つる

水馬交みて水面深く踏む

蜑小屋の葛の館となりしかな

飴色に照りて夕日のやんまかな

上階の子のよく走る良夜かな

安達太良山の裾美しや凍豆腐

小面の鼻梁の微塵二日かな

翡翠の朱の腹見せて御慶かな

春一番潮汁《うしほ》の鯛の目玉吸ふ

瀬戸内の潮目耀ひ鰆舟

中空や墜ちつつ睦む鳶の恋

モンローの呆けし口めく落椿

蕎麦猪口の涼しき藍の格子文

葭切や少年ルアー打ちつづく

喉深くたけのこ飯の蘞味良し

貸馬の並び尿する夏野かな

刺しさうなビュッフェの描線油照

案の定青柿どつと落ちてをり

夜半忌に咲きて底紅木槿かな

教へつつ老いの昂り海嬴廻し
夕づきて風のつのりし三の酉

初日さす壁に見上ぐる大草鞋

冬蜂の生きて身じろぐ日向かな

夕映えの筑波嶺険し菖蒲の芽

粗朶のけて寄りを確かむ春の鮒

高圧線越えて息継ぐ雲雀かな

高床のどこも風ある昼寝かな

桜桃をふふみ遺跡の照りの中

麦の穂の芒《のぎ》に微塵の朝日かな

存分に茘枝《ライチー》食らひ六月尽

凌霄花祭のごとく賑々し

砂山の砂に溺れず浜昼顔

夜の微光凝らして烏瓜の花

ゐのころの群れて目の玉むず痒し

新涼の酢をくぐらする青魚

きす

二〇〇三〜二〇〇五

金縷梅や林を抜くる風硬し

ベトナム　二句

自転車の春菜に埋れ市場道

物売りの小舟寄りくる霞かな

御澄ましのぱちんと叩く山椒の芽

足裏に響く怒濤や藪椿

淵にきて結ひ直しをり花筏

堅香子やうしろのしやうめんだあれ

鳶の輪に恋の争ひ若葉風

地酒酌み風はみどりの最上川

湿原の澪一筋の水芭蕉

火蛾とんで卍巴の灯の破線

夜なべ終ふ待針の数確かめて

小春日の熊野古道や目張り鮨

鶺鴒のつつつつと走る薄氷

ベネチア

春風に憂さ解き放つ仮面祭

軍艦の宙にうつろふ海市かな

そなさんへしだれてさくらあかりかな

早蕨のぬめりに地酒過ぐしけり

ハンガリー　二句

吊橋の形に灯りて宵涼し

夏草や足踏ん張つて馬車の揺れ

雑魚欲りて猫控へをる夜釣かな

色ほめて一枝もたさる濃紫陽花

軒擦りバスが通るよ燕の子

一晩で常の水嵩花藻咲く

息詰めて羽化する蟬のみどりかな

琵琶打ちの声嘵々と秋高し

悼 釣友

西国へ秋鱚追うていかれけり

皮剝の肝ぽつてりと冬に入る

雨後の月高々かかり一の酉

綿虫のふはりと逸れし掌

オー・ヘンリーの一葉のごとく冬の蝶

影もたぬほど小さく咲き冬桜

棒鱈を薪ほど積みて年の市

棒鱈を戻して京の年の暮

年の夜の四条烏丸鐘の中

肩越しの顔の火照りて大焚火

縄で提ぐる五箇山豆腐しづり雪

鰤食つて雪の立山まのあたり

眉なきは殊に﨟長け官女雛

ぬばたまの那智の黒飴春の風邪

朧夜や釣りしめばるの滴りて

端正に春田に据ゑて讃岐富士

白れんの風の傷みを免れず

椎の香の澱む浦曲やかさご釣る

掛けし魚の形に燃立つ夜光虫

チエコ

パレードの過ぎて祭の果て俄か

団栗やポケット多き釣りベスト

オーストリア

幕間のさざめくテラス星月夜

うすばはぎ

二〇〇六〜二〇〇八

団子屋へ寄るもいち福福詣
やらはれて鬼散りぢりや万華鏡

枳殻の棘研ぎ澄まし風光る

しなしなと夢二の女かげろへる

ねむくなる虫の翅音や花菜中

海中に星屑流れ蛍烏賊

瀬にゆるび瀞にしまりて花筏

清流の淵に河鵜の首二つ

助六の鉢巻きりり花菖蒲

白玉や可愛い嘘を諾へり

宵山の闇を深めて鉾灯す

祇園会の上がり框の大屛風

ふるさとやつんと茄子の芥子漬

小判草育て老年揺れ易き

戸隠の巌迫り出す秋の暮

栃の実の落ちて木魂の奥社かな

渓筋の楓片側もみぢかな

萱干して白川郷や冬に入る

朴落葉踏みて危ふし滝の道

日溜りに猫蕩けをる小春かな

出刃研ぎて指に確かむ寒灯下

ドトールに昼を憩ひて毛糸編む

白朮火に小路小暗き祇園かな

初日受くホテルの非常口開けて

羽づくろふ梢の白鷺風光る

初蝶のてんてん手鞠つくやうに

亀鳴きて筆順またも後先に

啓蟄や大仏殿の潜り穴

物陰の多き漁港や恋の猫

篝火や花のあはひの闇深し

割り箸のやうな少女や初浴衣

蚕豆や写楽の役者顎しやくる

馬鈴薯の花の大地のうねりかな

杜鵑俄かに褪せし星あかり

黒蝶の凌霄花こぼす真昼かな

水色の人魚のやうに蚊帳の底

洗ひ場に沈む飯粒水澄めり

草原を駈けて蟋蟀を弾き出す

塩竈のほろと十月ざくらかな

障子貼る指に木目の粗きかな

うすばはぎ

喜寿翁にのろまな魚の釣れて春

閻魔より追ひ返されしと賀状かな

井戸覗くやうに覘きぬ海鼠桶

節分の入れ籠の芯に鬼の影

中国貴州省　四句

存分に爆竹鳴らし旧正果つ

人垣の一所崩れぬ牛合せ

黄梅や乙女直《ただ》手《て》の歓迎酒

春泥を踏みて歓迎踊りかな

片栗の花に聞耳立てられし

牡丹の蕊に溺るる蜂の尻

きびきびと手話の談笑新樹光

夏負けて折弁当に迷ひ箸

鮎釣のふぐりの締まる早瀬かな

朝顔の花に微塵の水の張り

ひつそりと音を小出しの鉦叩
焼きたての潤目鰯の腸を先づ

いしだひ

二〇〇九～二〇一一

玉砂利に軍靴を想ふ初参り

不忍池の未だ陣解かず春の鴨

臍深きベリーダンサー山笑ふ

危ふげな抓み心地のうぐひす餅

台湾の街の字ゆかし昭和の日

蜊蛄の怒れる爪を見せ歩く

明滅のそろひ蛍の闇緊まる

火蛾落ちて夢二の女猫抱く

しこしことせせりて土用蜆かな
折鶴へ吹く息熱し原爆忌

千切り来てコップへ烏瓜の花

烏瓜咲いたよ紅茶淹れようか

楠公の馬も老いたり松手入

糸で問ふ魚の機嫌や根釣人

展示室に茶話弾み文化祭

濡れ縁の猫にもの問ふ柿日和

熔岩原の草索漠と残る虫

磯菊や蜑舟ときに浪がくれ

仄灯る社殿や路地のお酉さま

くじを買ふ寡黙の列や十二月

ホットワイン手にクリスマス市の渦

玲瓏と満月渡り去年今年

初買や清水寺の唐辛子

春濤の泡の濁りへ浮子を打つ

空缶にだぼはぜの顔汐干潟

対岸へ飛石一つ芹の川

若竹や組体操のピラミッド

盆栽の杜鵑花や花のてんこ盛り

朝涼の欅の雀よくしやべる

水馬の時に地団駄ふむことも

流木の一湾うづむ秋出水

おしやま口利く子へ弾け鳳仙花

朝霧を抜けて煮炊きの煙立つ

穴まどひ惑ひ深まる日和かな

石鯛も釣れて小春の三宅島

路地深く福祉の車花八つ手

煤逃げのシネマの席のポップコーン

粉雪や奈良の茶漬けの香しき

初日出づ伊勢の端山に火を投げて
めじな釣る時折繁吹く春の波

春宵の湯帰りに買ふ伊予絣

蘆牙や災禍に耐ふる人静か

子燕の口の三段重ねかな

薄味に飼ひ馴らされて水羊羹

うたたねの頰にあとかた簟

白蛾のせ咲いて妖しき烏瓜

海中の魂へ迎火高く焚く

水澄むや五箇山豆腐武骨也

地獄絵の赤恐ろしや曼珠沙華

芋虫をはがす力の指加減

着ぶくれて

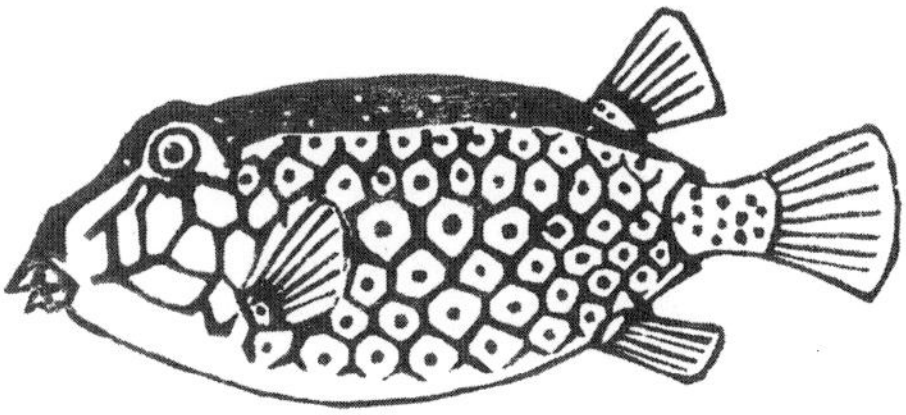

二〇一二〜二〇一四

着ぶくれて魚釣れようが釣れまいが

鮟鱇を解体新書説くやうに

安倍川の黄な粉の湿り春隣

土塊にもどり二月の貸農園

折紙の帆舟抓めば朧かな

生かされて咲く老桜の里曲かな

痛々し百の添木の老桜

墨汁をたらししごとく蝌蚪の渦

囲の蜘蛛の夜な夜な太る軒端かな

篠の子へ藪漕ぎ熊の力出し

篠の子採り熊の顔してふり返る

裾もたげ踊るカンカン凌霄花

論文のネット頼りや獺祭忌

舌鋒の秩父の兜太曼珠沙華

いろは坂紅葉にほへとちりぬるを
唐松の金の針ふる落葉かな

末黒野に伸びて火傷の土筆かな

花冷えに南洲どんの薄着かな

ひざまづき撮る片栗の花一つ

かき氷ブリキの味の小匙かな

隠沼の水の疲れや蛇の衣

椎の香のをとこ臭さや孔子廟

森出でし太古の記憶草いきれ

ぼそぼそのあかざ胡麻和へ敗戦日

秋天へ阿蘇のねぼとけ胸厚し

賄ひのうるめの匂ふカレー店

ポインセチア燃えてボサノバ弾き語り

初明り高々しぶく砕け波

ラジオより箏曲流れ寝正月

春近し讃岐うどんのきざみ葱

一茎を活けて夕餉の花菜飯

幼子の引つ張つてゐる糸ざくら

白シーツ干して憲法記念の日

くさび跡しるき巨石や樟の花

大名の刻印石に坐し涼し

沖遠く海になじまぬ出水川

草矢うつ鏃秘伝の惚れ薬

篠の子をはりはり噛みて島の酒

落蟬を拾へば終の飛ぶ力

白桃や日々好晴の吉備の国

助六や大朝顔の団十郎

おづおづと食ぶる飴煮の蝗かな

連獅子の緋の鬣や葉鶏頭

味噌桶の重石三屯鶏頭花

厚物の白菊でんと長屋門

山門の裏に貸杖もみぢ寺

頒ち食ふ厄除け団子もみぢ庵

燗酒や雪のアダモの嗄れ声

噎して顔折り畳む心地かな

あとがき

俳句を始めたのは停年後です。ＯＢ福祉会の補助でＮＨＫの俳句通信講座を始めました。すると義姉の東原公子（故「扉」同人）が「扉」に入れと大いに推奨します。一九九三年の会費を払ったから、東京句会で土生重次主宰の教えを乞うように、と。そのまま入会して今日に到りました。

勤めていた頃の息抜きはもっぱら釣りでした。釣りから帰ると、頭は空っぽ、胃炎にもならず、無事停年を迎えた次第です。

思えば釣りは、幼時兄のバケツ持ちに始まり、少年期は食糧補給のため、田川のふなやはえ、旭川下流で、いな・はぜ・ままかりなどを釣り、長じて東京に遊学すると多摩川のおいかわを釣って、寮で炒めて食べました。

社会人になって数年後、磯釣の会に入って、伊豆半島・伊豆諸島のいしだい・ぶだいを狙いました。また、投げ釣り・夜釣りで、千葉から茨城・福島・宮城の女川あたりまで出掛け、日本海側は新潟・山形の海岸や佐渡島・粟島などへ、きす・いしもち・めばるなどを追い、更に遠征と称して長崎・鹿児島の海岸や島へ、しろぎすを狙って出掛けました。

停年後、「釣りばかりやっていても、しょうがないでしょ。俳句でも始めて頭を使わないと呆けるよ」と、義姉の勧めで「扉」に入った次第です。さて俳句を始めるならと、「扉」と平行してＯＢの俳句会にも、初心者歓迎につられて入会しました。「鷹」「沖」の同人先輩達にしごかれました。更に地元の俳句会にも参加し、「麦」や「ひまわり」の同人や全くの初心者と句会を楽しんでいます。

しかし齢を重ねると、仲間が減ってきます。釣りの会は昭和四十年頃には会員三百人位いましたが、今は二十数人です。ＯＢ俳句会も数年前に解散しました。それでも兎も角遊んで貰える仲間の居ることは嬉しい限りです。

私自身、昨年七度目の年男を過ぎたので、そろそろ身辺整理をと、洋服や本・アルバムなどを捨て始めました。すると女房が「俳句の方も整理して句集にでもしたらどうです。私筆のメモを何冊溜めていても、居なくなれば捨てられるだけですよ」と。

そこで、釣りにからんだ句もいくつかあり、長年釣って食べた魚への供養ともなるならと、句集『釣魚曼陀羅』としてまとめることに致しました。能天気な句ばかりですが、お暇な時に、お目通し頂ければ幸です。

岡本博夫

平成二十八年三月

著者略歴

岡本博夫（おかもと・ひろお）

1931年　岡山県岡山市生まれ
1993年　「扉」入会
　　　　土生重次主宰に師事して、東京句会に参加
2004年　「扉」同人

現住所　〒177-0044　東京都練馬区上石神井 3-19-3-402

句集　釣《ちよう》魚《ぎよ》曼《まん》陀《だ》羅《ら》

発　行　平成二十八年四月二十四日
著　者　岡本博夫
発行者　大山基利
発行所　株式会社　文學の森
〒一六九-〇〇七五
東京都新宿区高田馬場二-一-二　田島ビル八階
tel 03-5292-9188　fax 03-5292-9199
e-mail　mori@bungak.com
ホームページ　http://www.bungak.com
印刷・製本　竹田　登

ISBN978-4-86438-531-2　C0092